さよならニッポン

高塚謙太郎

思潮社

さよならニッポン

高塚謙太郎

思潮社

目次

装幀＝思潮社装幀室

さよならニッポン

ピクニック

壺を掌に入れた
鯨波の巻末に牽かれ
頭という頭を注ぎ
溢れ出す昼間を
ペースト状に暮れさせ

否あれは活火山
痛ましいね
と云いますのは
呑まれているからですよ

壺はそこからですよ
否々鋳ないな

集落にギヴ・ミーだ
月は流れ流れて
果ての果てまで持籠《もっこ》を担ぎ
村の文書《もんじょ》に影をなぞらせ
舞い上がれうらはらの色めき
おのれ担ぎやがって
村の文書の擬《もどき》

「あ」の舐った杓文字を形見に
流れた持籠《もちごもり》のあの感触が
到底忘れられない
そのときでした微塵に
壺が割れたのは

黄金

庭師を夢みている、乱世の庵で。短刀を持ってくるものを一斬り、返り血浴びる、反物を持ってくるものを一縊り、梁を傷める、杳く日々を喰らう、そういう人に私はなりたい。

手前から三つ目の螢光灯の下で待つ、苦い記憶の袴を羽織り、忍び出るにやけた眼差しを屠る、やがて籠目籠目で陽が暮れて、自らを吊る、命辛々傘の柄を追ってゆく、恋人へ。

何処からともなく、急行列車が侵入し、吐き出される乗客に丹念に付箋を付けてゆく、目安は生きるか死ぬかで、二色に分類できる、生活と呼ばれる明晰さ。

衣更えの後、発疹により、七日臥せている、その間に季節は巡り、世情で衣更えが終わっていた。肌寒い夜空に、犬を連れてTシャツで歩いている、営まれる細み。

積み重ねた季節の錘を、書物を携えて訪ね、睦び据えつつその当惑を引き込む。昼行灯は遊みますか、どうですか。ゆるりと錘が降り始めるころ、密かに車道へ賭けて来る。

穿たれた箇所から身を乗り出して酸素を吸いに吸う、歯も乾くほどに。やがて伸び来る舌先を編み込み、隠れた位置に素敵な帽子を被せて。歩く。立ち止まり、歩く。

あらゆるものは生長している、覚醒と隔世の問題禍において衰えを隠微しつつ、枝葉を延べ、連鎖につぐ連鎖、そして作用に、姿として生長はあり得る。程には変態する。

二枚の開襟を重ねて箪笥に掛けている。一枚がもう一枚を背中から覆っている。そろそろ部屋の螢光灯を替えて欲しい。光が黄色く濁ってきている、季語がなくなっている。

冬は石焼芋、夏は蕨餅、それぞれに車を曳く男が必ずいて、しかしそれぞれにそれを欲するものが必ずしもいるわけではなく、にもかかわらず冬は石焼芋、夏は蕨餅。

尾をふる、という言葉がある。玻璃を響く、という句がある。水に流す、という美しさがある。それほど親しくもない男を打擲し続けた夜、神秘的な夕餉に顔を伏せた。

陽に委ね、終日覗うような顔で歩を進めている。提起があるからには、対策があるわけだ。無論、現実があり、非・現在としてのイメージがあるわけだ。

書物を綴じて同人誌を作る。もちろん落丁があり、ひきつった文字があり、差し替えられた挿絵があり、求めに応じて配布されては噎せ返り、就業時間はやがて尽きる。

一回り大きいペン胼胝を燻し、暮れ泥む縁側に投げ出し、思いの他充溢した時間を過ぎてゆくのだった。開かれた花弁、とはむしろ言い得ないと、はたと思い至る。

何処となく匂いを込め、斜めに突き刺しておく。主婦の街で鬻ぐものそれは葬列、しかも抽斗に収まりきらない過剰と破綻、二の腕からはみ出ている生魚の頭、頭。新聞は配達されている。

出店を縒り合わせ、袋を提げる。夕景にそれはどれほど祈りの姿勢であることか。笛を切り、飛び散る血潮に、戯《さば》え、膝を折るごとに情景は抒情的に狂い染められる。

農夫

滴り落ちる習いに田園を縁取り、うずたかく日没を納める。延べられた影は次第に水気を含み、地を穿ち這い出るものの疑念に戦慄する。ようやくにして野良を終える。

地を掻くものとしての擬態で、じりじりと捩れた日中に遠く樹木の独語を耕す。やがて滅びる森影となり、尽きせず潤びる鳥の対策に、腰を持ち上げ、汗巾を振る。

代々鎮められてきた母屋の古語を糾ぃ、池水は細々と歌に延びる。匂ぃやかな生物のぃきれに伴われ、富山が時折投身する。償われた田園にそそがれるものを滋養する。

沙汰はときに村落をさざめく。婚前の筆を滲ませ記されるものの傍らで、昔語りとして寝静める。朝、穿たれた夢見に立ち上がる老ぃ。嫁出しの列は陽に困憊する。

綴じられた暦の見晴るかすさきに、晩年を宿す。鋭く怒り逆巻く鳩尾に沿い、収穫されるものの情緒を露わされ、沈黙の手応えで、祈りの姿勢となる。

恩寵はしきたりをまさぐり、垂直的な時間の母屋へと団欒する。ただただ幽く睦みあう梁の忍耐に、累代の手仕事の轍が刻み込まれ、母音が木霊するその高みに達する。

やがて宿される種目のひとときに、柱をなぞり濡れ縁を零れ、家畜が銘々に声を鳴らす。夜毎の慰安は許されず睫毛ばかりが無闇に青く。野良はいずれつづく。

馬

柵を越えてくる。轍を翻し露わな季節を鷲づかみ、野卑と枯淡の水蜜の柵を築く音のその以前にいつ果てるともない朝焼けの頬をつたう墓碑銘が。

季節の臀部に見惚れ、それなり睫は逃亡に泥む。蹲りの姿勢から澱む膝に表情を残したまま、呼吸の呵成に首を立てる。いつしか片腕には一本の鞭が延び、一頭の馬へと到る。額に鮮やかな濡れた鼻面にぶら下がる畏れ。撲殺したのはいつ。

花粉の絶えた平原を繰り延べ、蹄の痕だけ湖を湛え、風はやがて静々と降りる。殺意の正午。誘い慰め血筋の引き攣りを日向に日なたにと動かすものの秘蹟を綴じ、打ち込まれる躓きの唾そして無為の瞳。いずれ傾く祈りの階から闇夜を飾るための人びとの耕作。躊躇いの果実をしずかに置く。

馬養《うまやしない》よ、温かな鬣をひた流す漂泊の頃、鞭を入れる。一斉に歩を進めるものらに、晩年は約束された。しきたりは夢にかどわかされ、頬をよせて匂の底、ゆったりと実に丁重に陽を諭す。薄空の散華の片はそれは躾けられることを待つ模様で、瞼を翻し唇は湿り、いよいよ鞭を込める次第となる。頤を上げ反り返る季節を見切り、鼓動にほつれ髪を撓め、指を切り、晒される熱りの黙にたゆたい、迎え入れるものに眼差しを傾ける。降りしきる夥しき嘶きを鎮め、一時に廃り始める暗部裂いて露見する厩の夕暮れ。

冬日和に裁つ

嫁菜、雛菊。面白い名だ。

橋の縁に群生するその下をくぐると、河口は「淑女の横たわり」のように落ちる。

馬場を過ぎ車を乗り捨て犬を首輪づたいに走らせる。

「嫁菜」を踏みしだき、「雛菊」を蹴散らし、その後、緯度を揃えて佇ます。

それが休みの日の愛し方だ。


「それが休みの日の愛し方だ。」

群生する「嫁菜、雛菊」を指に挟み、浸した。

あれがあなたの形代、と指の方角を見やる。

「河口」は濡れている。

「馬場」からの眺めが好きだった、欄干から摘まれた「嫁菜、雛菊」が流れ落ちるのをいつまでも見つめていた。

美しすぎて

お陰を被り、命名の夕暮れは美しすぎ、日没まであらゆるものが早い、その字名の、呼び出しの晩夏は。

顔の巣の中で、弔鐘は鳴りやみ、列車の過ぎた唇となり、窺う、時折浮いては沈む母の仕組み。

森は微熱を退けた、季節とともに勤勉に老いる山林、そして発車の鐘は聴かれている、何処から。

何処から、晩夏は膝を抜き、悪辣のかぎりに匂い立つ、それは命名の挙句の報い、はや、祈りは独りでに滅亡している。

隧道の呼応を抜け、いよいよ遅滞の、振り向き際の、視線の敗退、地の急ぎに到来する後ろ姿、終日の反芻を耐え、過ぎてきた山々の。

その山々の呼びかけに、字名の召喚をもち、記述してゆく道々、「夕暮れ時、早めに点灯」、もはや点灯するものなく、連呼だけが鳴り沈む。

連呼だけが鳴り沈み、点灯するものなく、晩夏の花弁は黙を舐め、深みへと到る響きに笑みも零し、字名は遠く、あらゆるものは犯行に及び始める。

従わず靡くに任せる馬名の糜爛

地平の反吐の伸びる気配、そこなら未だしも、各々の帰還を曳きずり、わたくしがそこに立ち籠めてくるものを、何ものかに浴びせてきたその、馬名の極悪、枷を許す、その一日、草臥れの蹠をかどわかし、走り出す、鹿毛。

毛の沈みゆく、重さは音なく凝し、齎される奉げをその馬名へ手向け、ぬるく睦み合う、その刻限、馬名の、直線の四肢はやがて硬直を昇り、陽炎の書体を調える、ときに、納屋から火が上がり、飛び出したのは、青毛。

死後に福音を燃やし、燻りの鼻先を濡らすまで、馬名という殺意の芽生えの、敬礼を欠かない、ひとつひとつ身形を整え、遠く嘶きに至り、今しもの列伍を待機する、開花予想からの号令に、各馬一斉に出走、はや十馬身先には、栗毛。

ひと頃の視線の鄙びは果て、時折廃れた馬鍬の破片で、骨を切取る生業を発祥し、畝は饐えた馬名に跨り、拓かれつつ締まるぬるい馬場の実りから、滴るわたくしの満ち始めるまで、企くまれた技巧は統べて馬名で呼ぶ、その縁で白く佇むもの、無音に滲むものの如くに、葦毛。

サマータイム

蟬から時雨れていく。いずれから望まれ暮れていくか、という息において、一斉に鳴き始める。忽ちそぼろに濡れて、雷《いかづち》の節間をついて進む。ゆっくりと遠く訪れるのは遅滞電車。染み勝ちに脱衣し、洗い桶の水から匂う。転寝《うたたね》の連敗のうだりは今いずこに。

彼方には吹いていたはずの一陣を目撃し、強請《ゆす》る。居間に続く、駈けてゆく模様に身を横たえ、なすがままの尾籠のその尖端をなぞる。その受話器の向うに母がいたから年号が変わった。それまでは寛ぐ。軒に刃物屋の隣の終生をぶら下げ、砥がれたものの周囲で寛ぐ。

その眩しい。斜光の謂われは知らず、容易く日を延べてゆく。それに伴う、窓より覗く面の位置のずれ。ずっと見られていたと至り、額を打つその響きの訪なう場所を辿る。着衣の廃れは明瞭に、明瞭に。姿を翻し、もと来た道に視線を沈めながら、膝を支えるしかなかった。

熱りの廊下に睡魔が長くながく蟠っている。一枚の襖を浚い、その裏側を衒う。裡から開陳する様式で待機し、いつしか胡乱のままに膝を進め、はたと厳しく縁を毟っているのだった。即ち冷やせ、冷やせと息を流し、瞼をたたみ、あとは正座まで身を委ねるのみに。

褄をはためかせ、いなしていく、その反復の渦中に遠く呼び声のする。やおら駆け出し、戸口の廃れをきつく打つ。想いは先ほどまでの手枕を曳き、応答もいつしか撫でさする文体に整えられ、しかし待っていたのは宛名違いの仄聞であった。背とは夕暮れの淩ぎ念じの筆跡。

いやに瑞々しいニュースが続き、脇を抱え擲ち畳に沿わせるそれはまるで祈りのごとく、息の乱れはなく、ただただ傾くという言葉のみを心棒として、さてそろそろ撒き始めるという。つっかけ表をうかがい、続々と立ち昇る夕餉の沙汰に、またもや季節は滅亡の内に憩うのか。

あれは暑気を払う一途な黙の底より、糾うがごとく浮上する、一つの柱。虚に堆い毛物の積年、そこに宿り始める節足の紡ぐ気配は習いに添い、静かに頭を下げては通ることになった。その一時、連衆の傾ける為来りの音ばかりが響き、やがて灯りとともにゆらめいていた。

あらゆる気配は床に澱み、あらゆる戸口は絶頂に黙している。月痕は露わに呈し、滞り路面に沈む、そこには影ですら明けを知らない。熱の知らせだけは、早く齎されている。器の鳴る音のそこかしこに、朝《あした》のつめ籠むその先の滴りを胸の轍に這わせ、黙々と食卓は続き、それから。

それから鯉は跳ね、一滴を侘び濡れる。寄る辺ない、寄る辺ない乳房の滴れは窓辺に堪え、戸外で人語の日溜まりだった方位に落とし、点《た》てる。まんじりともしない。起きるともなく伏せ、足を左に、腕は真上に、頭を転がし、もんどりを打つ、夢か現かはたまた受刑か。

昼行灯

休日の暮れ方にどちらかが表で縄跳をする、もうひとりが哄笑の中で眺める、縄は勢いを愈々増す、腹を抱え始める、縄がしたたか肢を打つ、息が乱れる、顚倒する、下を見る、空が見える、玄関に向かう、舌を鳴らす。

襟を立て夕陽を急ぐ魚たちの時刻、一つの抽斗からあのときの時計を見つける。花びらから尾骶へ雪から面差しへ舌先の微熱を腕や懐になじませ秒針が暮れてゆく。蟠る軋みそして立ち上がる厝、ふたりは佇むばかりだった。

鏡に内応する嘗ての笑みに両の掌を添え、やがて居間を出る。外では親猫が黙をかこちながら煮干をしだく。ふたりの息は水滴となり玄関に灯り、濡れ始めるのは先に尾を立てた方の結ぼれ。潔く浸るまでのこと。

いつしか熱りは去り、折り目を縫い染めアルペジオの道々。頬を語らう、唇を羽織る、爪を鬻ぐ、睫を梳る、咽を刻む、指を撓う、末へ枯葉を踏みしめ辿り着く場所は。自ずと沈み始めるふたりの囀りに身を寄せては返す。

時折は耳にした、夕闇に浮かぶ直線的な暗いフォルムたちの共鳴に鳥が突き刺さる。辺りに電熱が湧き起こる。一時に灯るふたりの紅い口腔そして微かに見え隠れする白い歯が無数に鳴る。音楽とは夥しさの謂いだった。

一枚一枚の絵を見てゆく、ふたりの足取りは次第に脈打ち、互いの監視を定め。ラインがあり、ラインを跨ぎ、視力を衰えていく、その先の絵画たちに群れ集ういきれの端に留め、ふたりはまた一つラインを跨ぐ。

雲はいち早く夜を迎える。自転車が点灯する。ふたりが自転車に乗ることもあるのだ。浮かんでは消えてゆく鳥獣虫花は多く予感に満ちている。大型が塵埃を撒き進む。そこにふたりが自転車で一散に進むこともあるのだ。

爆音を伴う二輪に艫綱に似た影が跨っている。缶珈琲の螢光灯に浮かび上がるふたりの唇づけは微温のままゆらめき、音速の小節を重ねてゆくだろう。ヘッドライトの先は射程にあり、とらえた影は無音のごとく。

宴の知らせにふたりして参じてみれば、それはふたりの宴。真向かいに咽を汲み、静かな陰影の雪が危うくふたりの髪を濡らすときまで汲み尽くす。底は尽きることはないのだが、尽きそうになると階下に汲みにいく。

やはりここも暮れるにまかせる。打ちひしがれ顔を反り呻きを沈め背を折る。天井はその形に古びてゆき、ふたりの図となる。滴る夕餉への黙を誘う咽の鳴りをその視線で拾い、畳についた方の肘を払う。

痒いという不幸の食卓の後、やがて過敏に睦み合う。影の位置は移動もしくは出没を終え、ふたりは居間に閉じ籠る。空の響きが柱を伝い、膝元から湿った冷気が包みはじめ、ますますふたりの腕は絡み合う。

いずれにせよ風呂場から居間までの時間。そこでほぼ癖は古びてゆく。手の方位、目の黙、荒ぶ発語。水の温まりの待機そのものに本然がにじり寄り、痛ましく方途を指差すのは汚れの激しい方に違いない。

如何ともし難い床音の冷たさ、やがて頭部は破調の柵にもたれ掛り、今まさに蹲るその膝頭に圧される一輪の冬薔薇を摘んだ痕に涌き出す血液を浴び、ふたりはおもむろに始める。暗さに一層輪郭を浮き上がらせ。

ただひたすらに待つ、呼鈴が鳴り止まぬ諺の引き攣りをなぞりながら待つものの極みに触れ得るふたりの最中に。背を向け筋を辿り、指を這わせ犬のように嗅ぎ、伸びくる腕をとらえ、合わせるものと比べる。

蹲りを捉え上から見下ろし、蹲っては視線を浴び、ふたりは睫毛を絡ませる。閉じるその先には閉じることを拒むそんな絡みを。例えば放電を射抜かせ時に眩む、すると逃さず絡みを解き潤みの中へと閉じてゆく。

後ろから腕を伸ばす。不安を囲った方が腕をつかみ自らを慰撫させる。腕は次第に痺れに泥み、声をあげる方がいずれであるか不明に及ぶ。夜を破る破裂音を伴う一連の行為はそのようにして拡がり澱む。

黙を掻くものを召喚する咽の割れに身を寄せる。枕を沈め頤を高く持ち上げ潤いを。やがて臥所の温度は平たくなり、咽も定まる。喚ばれたものは解かれ、ふたりは元の膨らみへと温めるものをやおら抱え込む。

並べてみる。夜毎注ぎ込み結果したものを新聞受けから引き。互いの欠けを自ずから曝し睦み合いの匂いを居間へと籠めてゆく。ふたりは形、生し、ものを食う火照りを己が身にかこちはじめる虫のよう。

余りに過剰な眠りから伸びてくる痛ましい記憶とその重さのままくの字型に曝すふたりのうちの何れか。剃刀を当てずほしいままに行き摩りのように目配せては頬をはじき、互いに暖を求めて這い進む。

朝まだき、ふたりのいずれしか臥所を出ない。もういずれかが臥所を出るときは、開襟の狎れる帯を捉えるために。朝餉を追い、耳をそばだてる先に狎れるにまかせる帯を共に帯び始める。未だ陽は三和土に及ばず。

頁を繰る。挿絵で止まる。活字を繰る。止まる。夜、ふたりのいずれか、挿絵の形に佇む。朝、頁を繰る。挿絵で止まらず、活字を繰る。止まらず。手垢だけがふたりの姿態を積んでゆく、そんな昼に目が醒める。

ひねもす

（或いは夕占《ゆうけ》

窓に立つ、熱《いきれ》は空を溶かす。字列の端を摘み、薄暮を支えてゆく。人群を手繰り、記述の轍で秒針を矯め、やがて凪ぐ、商店。沈み染む翻りの中、呼吸をいなすことも忘れずに。風を畏れることはない、海はそう遠くはない。幾曲がりもし、打ち寄せる辺り、糸のように宙に吊られ、ただ風景を折りたたむ、その、交差点。発話と書記の挟かいで、時は次第に失速する。

（或いは狼の刻限

箸の一本でも、転がしてはいけない。一斉にすべての意味が、一箇所を見てしまう。その刻限。人群は各々、花を携え、人語の辷りに横たわる。いつしか崩れるテクストに、抒情を浮かべ、ゆっくりと鉈を落としてゆく。その後。あらゆる崩れに補助線を延べ、異和の悉くに陰影を吹きかける。そこで響く、口笛を鳴らすのは、主。

（或いは東雲

鶏鳴か、もしくは故郷《ふるさと》の淋しい母か。朝はオノマトペから漸く始まる。像成《かたち》す眩むひと時、人群は凍えた栞を手に、理非の玄関に暫し佇む。俄かには認識を嗅がず、非詩が最も遅延している。既にして闖入は去り、ともに揺れを失う。暮れ残った街燈が歯噛みをし、嫋やかで機能的な発話寧ろ発語の海にたゆたっている。そのままに。

（或いは子午線

騒立つ歩を撓わせ、指の技術を弛《たゆ》まず持続する、風を受けよ。敬虔な面持の昼下がり。漸進的な疵を跨ぎ、請うものを解《ほど》いて、印字の階《きざはし》でゆるりと伸びをする。そして、発せよ、理智を波打たせ、神秘を引き千切り。あらゆる神経を厳しく整列させせよ、徹底的な温《ぬる》さを保ちつつ。一先ずその発語の場でナイフを眩《まぶ》しく砥ぐことだ。

夕顔

持ち堪えられない刻限、静もるデッサンの末、モスグリーンの頂にも垂れ沈むものがある。一度は枯れて朽ちてはいく趣と知ってか。その道々、静かな花弁を手折った。その滴れが今に染まり低くなる。やがて息と引き替えに形は目視に耐えない。遠くで法螺の響きの沼へと延びるその灯火の頃、花弁で沼を舐めながら沈むさ沈むさ見てきたものが。一帯はかつての領有、今は地名だけが残る罫線の延長のほとりに該当する。そこに伸びる眼差しの実力はつらい。ひと思いに仕留めてくれるはずもなく、命の明け暮れに静かに言葉を滲ませることになる。だが。それでも底部をあるいは地平を目論む仕掛けを打ち、息の切れるに任せ、持ち堪えられずに没してゆく。

裏まで景色を仕組み、没してゆくものをきっと二度追う。時系列はすでに廃れ、拡がる地帯のそれがぬるい。花弁に沿った意識の階をたどり、さわさわと毛羽立つ経過の、静かな沈み。諍いの果ての沈み。そのまま地名となって撓むか。行方の甚だしい虚妄が四季を帯び始めている、それがこの地帯の名。風が出てはいるが、揺らめきたゆたいながら底部から底部へ、地平から地平へ、くらますことで花弁は残される。茎は脈打たないが、この美しさ。では、そろそろ耐え難い刻限の響きを促すか。同じ匂いの花弁は二度ひらくか。同じ箇所にだけ決まって同じ花弁が二度辺りに匂い、辺りはそれを哄笑し沈む。それを追え。だが、沈んでゆく捜索の影は、わたしだ。

関

その吟味に裸体じみ
侵入する車両の端々を仁王にして
償いの早朝から伸びるは
昨夕紐解いた日記の衣擦れに
渡される箇所を修繕しようと
庭先に滅ぶ
転ぶ踵の
痛む前の
健全の襞
へかぐわしくかしぐ

日課と存亡よ
端子の非道さを追い尽くす
季節から早朝へそして裸体のまねごとの
越されるほどの愛しさをかつて
目に留めた
街道の北は本陣、南は菓子屋かつ
虫籠窓に控える主人の長話は
依然の記憶から牽かれる
宿は東西の要　駅上のラインの衝く
股座の桐一葉
はも

女房

指で払う。滞った畳《たた》なわりの一々。終日《ひねもす》、呼吸《いき》に譲り、乾く間なく、刷られる傾き。髪留め、茶点《た》て、膝裏の景色《におい》に猛り狂い、本線の過ぎるに任す、秒針の揺れ、然《さ》も、女房。

眉間の納戸に裏漉し、挟《はさ》かいをなぞる、風の懼れ。肩口《かた》まで志向し、鍔迫《つばぜ》る温《ぬる》み、と、摘まれる野苺、反り返る海綿状の秋波《ながしめ》。つ、と鞘走り、垂れ、戯《さば》え、屹《た》つ、女房。

昼の生《な》り果《おお》す、刻限。乳房の天井裏へ、尚弛む。磨硝子《すりがらす》から、流場《ながし》まで、只管《ただ》心思《おも》い、底冷えの、目に宿る、栞。鄙び、歌枯れ、咽喉に毛羽立つ、一心に、煮凝《にこご》る、女房。

差し汲む、足裏の驟雨。弥増《いやま》し、躙《にじ》る、衣擦れ、或は、抒情。熾《おき》。白む窓辺《まどべ》に拠り、露《あらわ》に、街燈に、媚び、至る。すかさず、袖口《そで》に印字し、火照りをたゆたい、剝ぐ、女房。

機関《からくり》の花を咲かせ、綴じ、口承《つた》えられつつ、胞衣《えな》を聴き、流布《なが》れる。敷居に撒かれ、上がり、嘗てより乾き、裾を手繰る。水、その辺りに、進み出る、暗む、女房。

姫

翻る乳房の屋根裏で、滞る在来線、或は、心《うら》思《も》う軸の傾き、雲級並べ。鄙びつつ吼《うた》く番傘集い、浚いの果て、祈りの姿勢に比《たぐ》える、その先に、姫。

梁《うつばり》の時代、指の位置爪立ち、胸突き八丁切り落とし、隔ちを従え、響きを遅延させ、往来を泥《なず》ませ。時に、興る砂埃に、盲い、呼吸を賭けて忍ぶ、姫。

百合愛ず、日と浦《うら》隠《が》る炎に成り果《おお》せて、主《あるじ》なき厩《うまや》の爪弾く書損《しょそん》に合す。勘定違《たが》いの発話、然《さ》も芸閣《うんかく》より垂れる階《きざはし》に五指を立て、頬に齟齬を埋《う》む、姫。

尻目を追いつつ、騒ぎ立つ寒冷の趣、今や静かに乱杙《らんぐい》巡り、寝座《ねぐら》ましう、とろとろ触礁際《しょくしょうぎわ》の指遊び、や、留《とど》む。照星《しょうせい》毀れ、佇み、念ず、姫。

曝《さら》ぼえよ、静寂《しじま》のひた寄す小高い誇りへ、皺畳み、且つ濁り褪せ、足袋擦る印字の戯れなるを知る。咽喉より溢れる遅延、即ち、姫。

貫き染め狂う、高々めく指《おゆび》、やや風花《かざほろし》夥しくも濡れ、更なる運指《ゆび》の導くままにまに、寄せては帰る睦言、婀娜《あだ》めく注釈、其の、姫。

細め舞う、私語《ささめ》く面熱《おもほて》りに、ず、と辿り、毛羽立つ帯の、掌状の校合《きょうごう》果つ。唇の、その先の莨《たばこ》の襦袢から、正午《まひる》の筆具胼胝《ペンだこ》、舐《ねぶ》る、姫。

自ずと盛合《さかりあ》う徒花《あだばな》、久しく艫綱を曳き、舳へと水脈《みお》を香聞《か》ぐ。指追う膝頭、
謀《たばか》り波打つ湿地に、吐息を逃がす、至り、姫。

跨ぎ越える、大鉈の柄濡らし、滑《ぬめ》る潮《しお》、手繰り皺寄せ、揺り、叱る。ほどける
和語、次いで潤《ほと》びる喃語、苛《さいな》む枕文字、遣わせて合点し、姫々は媚び笑む。

鎮西

恨みかこつ認識の最中、眦《まなじり》に宿すやや大振りの暗幕は、風を妊み、脳漿は裏漉しされた思念に煮える。一度は葉摺れを呑んで威勢を借り、過ぎることもある。雨後曇天の正午《まひる》、一時に噎せ返る雲間の静かな陽光を早々と予感し、足早になる人群のどの一点においても、事態は大きく逸れることはなく、これほどに妙にして蜻蛉のごときエゴグラムの一角から、崩れてゆかない。時系列が丁寧に辿られた跡、痴《し》れ痴《じ》れに昼が折れると、新しい大気を巻き寄せに寄せ、徒に咳《しわぶき》ばかりが張力を漲らせ始める。とうとう瘧《わらわやみ》を得たかと顰める瞬間の温度、いよいよもって浮かされるように昇り貫き、ただ齎されるものを皿のように受け止める。いつしか降り込めるものの音響に澄ましているだろう。

百囀《ももさいず》らう漢咳《からぜき》の、人語に交じらいつつ届けられる残滓に、響きを知る。細工《さいく》み彩色《さいし》く影の夥しい移ろいへと反影され、楽しい時の騒ぎたつ懐に安定を曳き入れる。湿り潤う粘り気の午後、肺臓まで沐し、むしろ温気を取り込もうと、地を叩きつけ吐息を梳る驟雨に、委ねつつ膝で抗う三々五々が溶けてゆく。たまさか鳴きわたる振えの中、聳《そばだ》つ予感が曇天を瞬く間に駆け巡り、飛沫《しぶき》を散らしながら赤銅色の地平に打ち付けられる。待ち受けながら慄き、終焉に固定されつつ、着々と刻む端切れの折り重なる、ひとつひとつ、逃さず宿される影に染み入る年月《としつき》の不安を、嗅ぐ。辺りを縦横に駆け巡る、視界を淘汰する熟した軋みから、どのように抗いかつ埋《うず》もれてしまおうか。

静かに澄み切り抜けた蒼穹《そら》は、戒厳令下にある。撓む安寧に従い、行動し、錯乱し、制圧し、見えてくる熅《いきれ》は、やがて構えをみせる。噴出す経年の揺らう炎は、地へと殺到し、降り積みつつ滴り撥ね、時間の曲線は馨《かぐわ》しい。細々《さいさい》たる匂いやかな光線の導きにより、一声叫ぶとすれば、それは無言劇となる。苛《いら》く生《いき》魑魅《すだま》の飾り立つ、祓いの遣り取りのまま、携えて現れてしまった、塵芥《ちりあくた》に感応する匂鳥《においとり》若しくは匂《におい》の花《はな》、定座《じょうざ》の眴《めくば》せにとりどりの去就を印字してゆく。湯殿のように滲んでは浮沈を繰り返し、発せられるものの、その在り難さに躓かず、爪杖《つまづえ》の自《おの》ずから示す方角へと傾く。濡れ残った路面に割れ置かれる鏡石《かがみいし》もいつしか天を映しつつ、膕《ひかがみ》に取り憑いた未だ容定《かたちさだ》まらぬ類《たぐい》を残したまま、辺りには見うけられなくなる。

囲い込み濡れ初める噯気《おくび》の輪の中に、倦怠の雫を浮かべ下降するものの現象を見る。警笛の引き摺り廻す、昏倒のばら撒く誰何の、丁度心地よい時間帯である。ものわかれに爛れ込み、命の瞬間を矯めつ眇めつ蹌踉《よろぼ》う道行に沿うて、次第にきわやかに畳みかけ、鎮《しず》もる結界に踏み出す。撓《たわわ》に折りぶら下がり、気を察して爛熟の度を深め、入相の鐘の憂《うれ》わしく撞かれる反照に、結実する幽冥のもの思いは如何に。漁《すなど》る緩慢に焦眉の階《きざはし》をゆっくりと辿り、泡食って沈んでゆく、その象《かたどり》へ至り着く。かつて霧隠れ、不明の致した証である一幅の驟雨と妄信された、危うい火の時間が、いよいよ接近してきている。ひたすらに差し出され気を揉ませる夕餉《ゆうげ》、音を立てて上昇する逆巻雲《さかまきぐも》を新しい闇に浮かべてみる。

沼

武運祈りの闇へ闇へ逆方向にフラグメントする、それが肝要だ。
倫理の限界線を引き延ばして落下
「ああ、そうね、今からだね
投了する、そのほとぼり、その劇的
、としてね」
それを沼と名づけよう。

膨大に作り込んでしまうペン先の鳥
つぶして「どうか我が家
へ記憶の粗忽を囲みに来ませんか」

鋭くほのめかし拳で判定済まし
引き金を己のその金属の部器を
母（許してください）にあてがい
がてら温みを意識している
だからやればよかった。

及びの未生を微かに辿り
「校庭って
その辺りとあたりをつけ
　こんなに小さかった」

拡がる放心の岸辺を手に負う
その再度の岸辺に座があり
間を置いてしかし瞬時に荒び
横たえる草々の倫理は実に
その姿をその姿を追い、すがり。
「季語だけがそこに立っているのだな」

おほどかな匂いたまへるそそ粗忽
「手が浮いてしかたがない
「を囲みに来ません
まっすぐにきれいな影を曳いてね」
焼きがまわったと囃してもらいたいので」
限界線を跨ぐ比喩としての器官
だけがそこに」
こんなに小さかった」
今だからね」
麝香嵐の女々しい仕草にたらちねる限界線
を引き引き誰何の精度を高める
その捻り波の寄る辺すなわち岸辺の果ての
澱んだ箇所から始まるそれを
沼と名づけよう。

匂い辺に鳥群がり
群がりの果てに匂いの切っ先ほの見え

見えるものあらゆるもの依然として興り
「が群がりの税調です」
依然として興り触り震え
止まず群がるに任せ鳴き
退く退く匂い辺のほの見えるそこ
囲繞地の敷設に従事する群がり
と興り沼にかまけ
放題に群がり匂い辺の切っ先まで
それが岸辺四方巡り。

櫟食いたい競いたい
丸飲みまるで丸薬のごとくに
それで延命すれば尚更のことと

限界線を越え

「わたしの伯父の生業は精機売りです。」

「俺は奴に生誕状の贈与を忘却した。」

「ピアノを叩く少女は私の妹です。」

「わたしは抜歯た何を。」

「群は一時間私を待機しました。」

限界線上の直訳体

フラグメントする闇へ闇へ粛々と武運拙く
倫理の逆光線上に象りそこを限界線と定義する
すなわち沼とは「ぬまとわ」
「わたしだ。」
岸辺に佇む一本の影を曳いて及ぶところ
をあらため
検閲線上で生まれるフラグメント武運強く
書記され素描するその
フラグメント宣言が
沼だ。

鳥つぶし粗忽を囲む冬仕度

ぬまだ

山の唄

犬を曳き
野分の暮れに付け火を見にゆく
わたしの肩越しに見たものは
炎えるわたしの黙かはたまた慟哭か
山に炎えない箇所はかつてなく
わたしは　（犬を曳き
山を目指す　（笛吹く炎は見えず
わたしは犬に飢えを与え　（哇えさせ
山の姿ほどの不安を　（影絵のように

鳥たちは響き樹木は上へ
陽や風の疎外を臨み　（上へ上へと
上へ上へと唄は伸び　（わたしの唄は
毛物は足跡をついてゆく　（犬は尾を立てる
呼応はときに血肉沙汰　（血肉沙汰
具を以って貫くその筋を
茎を以って砕く　（その交歓
酔いの奮えに山の湿り
犬の嗅ぎつけた罠から
一羽解き放つ　（わたしの影は硬い
炎を背負った一羽を　（犬は私の廊下だ

（黒毛兎は地を押し開き
（影を流し込むように身を擲つ
（濡れた土塊は肉を削ぎ

（次第に濁りを帯び息を閉じる

いかに昼は抉られるかそう問えば
もちろん時間はわたしへと流れている
（ためにわたしの肌は白く
（毛髪は烏色に伸びてゆく
陽の傷みを押しひらきつつ
山の鬱血が現実を耐えている
山の樹木が影をずらしている
（いずれ背中から焼けはじめる
（炎は間近く犬の影を間引き

黒毛兎よ
地に間引きは至るのか
毛物たちをねぶり

（わたしは一散に山を降りる
（犬はひたすら影を巻く
山は夜を今でも抉りつつあるか
お前の埋葬はかくも賑々しく
かつて犬を曳いたものをぶら提げ
わたしが眺めているものが
かくも打つのか　（これがわたしの埋葬

これがわたしの埋葬

熊襲

去りがてにあなたとすれ違いたい、その狙いの果ての経年は一頭の熊の崩れ馴染む安易。の治めは山を下り視力を研ぎ澄まし襲う鮮やかな鮮やかな鮮やかなあなたの耳にまとう苛立ちのバスター

それが、さよなら、と名指しされてきたためにわたしは悲しむだけという。そこに置かれた一つの敬虔な断定はさもしい一頭の熊の逃走と呼ばれる感情の闘争になぞらえられる、それが、バスター

北へふたりの影が動くそのときの呂律をわたしが握り深々と語りかけたつもりだったのに聞えるはずもなく振り向いた二つの影のそこには見えない笑みが歯

を濡らしわたしは慌てて猟犬を呼びました、おいで、バスター

しばしの亡命、今からの錯誤、どうやら駈けてゆく模様、身を横たえ川に向かう。踝より上は濡れたことがない川に向かう。川に至らぬ正午を経て、川に向かう。神経の枝葉が川面を彩る季節から川は生物の群れるに任せ、そうして川に向かうのは群れからの逃亡ではなくなった。それから川に向かう一頭の熊。いったいどれほどの生滅がその川を廃れることから逃れさせてきたか。川に向かうことは、殺すこと、そして晩年を沈めること。川に向かう。それだけを願う。今頃の川は有機性化合物の沈黙の中、生物は丸くなり、視力はまったく失われ、群れることでようやく流れを描き出している。川面に映るのは永劫の昼間だけ。川に至るものは以後もなく、川は生物の群れるに任せている。川に向かう。そしていつか汀に打ち上げられる。それを待つ。

おいでバスター

熊が斃れているよ

さよならニッポン

八咫烏は目抜きを好むと云われております。指から指へと戯れに絡み解れそして玉を拵えたりしつつしかし条は通すという旧街道のことです。と云いましてても金輪奈落から秋波を暮れますとこれがと思うほど細く貧しい路地なのでございまして供連れもままならない亜空間なのです。昼行灯とはいいましたもので時代は一輪車すら高く高く籠絡しなければならない寒村の楼だけが標なのです。いや勃起しているとは云われますな。たとえ日輪が隻輪となって楼を包むように降りては浮きつを終日嫋やかに並べていると見咎められてもです。やがて一輪の謡に大きな松毬が姿態を擡げてくることでしょう。すると套言だけが合点して棲んだのですさようならさようならわたしの八咫烏。

土壁に憧れて身売りする

土壁に憧れて身売りする、という野暮ったいタイトルの映画を撮りたくて、身売りしました。およそ目の前には土壁が斜光の菊のように彩めいて、わたしは値踏みの深さに眩暈し、なるほどこうして芸はなる、華となる、ついつい土壁を撫でているのでした。我を知ると夕暮れでした。刻々と土壁はその姿態を移ろわせていきます。只今眼前の土壁は重たく陰のみによってざらつく匂いを放ちます。朝は一切の陰影をさらい、わたしは枕を抜けるしかないのでしたが、夕刻へと伸びる粒々の土は湿ったわたしの脳髄を不乱の澱みへと渡してくれるのです。お愛想のあと朱を曝し列車の音を遠く聞き、目蓋を睫毛の位置まで降ろしました。頻りに膝を探り畳の縁を抓み一本の黒い煮凝りのごとく立ち上がりわたしは肩越しに家屋の軋みを数えながら髪を垂らし、土壁という映像、それだ、わたしの撮りたかったものは、はたと至り、わたしは夜毎土壁となって螢光から伸びる腕を伝い一輪の芸を的としていたと思ったのです、そのざらついた眼差しの果てに果てに。

モンスター・ムービー

実は、雪の池のここへ来て幾羽の鷺の、魚《いを》を狩るさまを、さながら、簞笥町抽斗横丁よりとって返し、旅籠屋の炬燵で縁越しに眺めるお伽話の絵のように思ったのである。それはまるで。

モンスター・ムービー

唱えにひかれ、タワーレコード難波店エスカレーターで上昇、根毛から梢までひと昔、ひとつの術のみにて焦がれ、結び、隅の火鏡越しに、紐解く、という最中ぞあなたは膝を丸め、息の破綻《ほつ》れの、太股の、いろめき側に眼差しを据え置き、しずかに身をよじる、無印良品3フロア通過（女の服、寝具家具、小物、が膨れては沈む沈み）、タワー・レコー・ド・イエロー、赤文字のTOWER

RECORD、一列二列、列に陳列され、つつ、Jポップを、徘徊タワー、山蛭のよう山蛭のよう、あなた、は吸い、を吸い。鼻孔の年々の黒ずみ、年古るあなたのぬめる肌穂にささくれ、血膨れ。ひとつひとつ名前がある、敗北を抱きしめて、名告りを上げて、モンスター・ムービー、それぞれが、それぞれのムービー、を見、倣い、再生機能を装備し、つくねんと待て、る、の。の熊野行き、なだらかな山波、千々に砕け、下へ下へ、少しずつ逸れながら、あげる声が太り、腸《はらわた》の匂いを伴い（圧搾された黄金虫の尻から藁が出てい）、前肢、両肩にまわし、後肢、腰から尻へあてがい、息めふくれ、痘痕《あばた》めふくれ、店員のオススメ、購入、Wポイントセール中につき、もう一枚最後まで再生されないパー・ヒュ・ー・ム・ー話題聖ゲット。一線、あなたは江戸わたしは平成、のたりのたり、妄《みだ》りがましく、歌枕問答歌問答無用裸体、着衣の廃れ、出る黙、漁り火、行灯、1フロア上昇、モンスター・ムービー紙ジャケは三年前から、ない。いや、ある。お台場の原寸大ガンダムみたいなジャケット、Wポイント支配の統御ゆえ購入、させ、る、こ、とが（咎なくて死す）、狩野か、例えば「大人計画」好きです、みたいな出身の文学少女Aに、わたしのさわるところから、艶麗《あで》やかに、言葉が屹立する匂いめ花やしき、奮墓の麓より、目視にて適格に、眉を落とした、歯を染めて、そのうりざね、帰りにタワーレコード難波店麓側面のジュンク堂大阪本店で、ポイント対象外『機動旅団八福神』最新刊を見失う。あ、うなじに一塊の山蛭が、一巡百千米の鶏冠の、恥部暮れの、盛んなるかな、少女Ａ気取り即座にジュンク堂前難波花月襲撃、目線だけで、修学旅行性もしくは熟年離婚後女制はタワーレコード難波店麓で蠢きゆえに標的となるものの、無傷、孤独だから少女Ａ孤独だからリストアップもされてるから。カット。捥《も》ぐための、慶長二年文治はあやめぐさであった、山裾の奥へ奥へ、わだかまる、下手人、代官の沙汰へ代官の沙汰へ。丘へ丘へ。難波花月近傍のたこ焼き露店円周の行列のカット2秒はさみ、ＪＡＺＺのフロア、テクノカット黒メガネ双子確認、ただちに捕獲作戦に移行、もしかしてクラシックのフロアもある、か。あなたの顔のひしめきに、丘へ丘へ伸び、丘は高く堆く、大水の後の、痴れた奴めを囲い、応援要請却下の末の惨劇、新喜劇並にややウケ、いずれにせよここがタワーの先っぽ。これ以上の擦過は危険です。まずは右足を高く持ち上げ、開く丘に、山蛭のよう、吸わせ、埋め、ゆるりと動かし、沙汰めく、黄金虫の尻から、わらわら、瘧《わらわやみ》の相当ぞ、わらわら、火照り、行灯、匂う眉墨をそわせ、そのうりざね、の、幽霊、の、眉根のラインを跨ぎ越え、あなたは江戸わたしは。一縷の平成。よ。一縷の山蛭のわだかまり、あなたの漏れる笑み、目を閉じて。息めふくれ、それはモンスターまるでムービー。

門

門から縄を引いてやる。すると門は体を捩る。すぼめる、という達成をみる。縄に従い伸びてくるものを敷居に流す。直系の植物が繁茂の門扉となる。植物は風にそよぐ。さらさらと音を立てた嘗てではなく、そよぐことのみで茂りや繁栄を彩る術を越えていく。音はまさしくその繁栄をまさぐる操作の余剰のことになる。余剰は門から出たものか、あるいは内に留まるものか、果ては門扉をせわしなくずれていく縄目を治めるものか、いずれによせ門は閉じられたままだ。しかし門はかつて閉じられたことはなく、門扉とは虚空の邪まな婚礼と名づけられる。名づけは周囲を纏う直系の植物に迫る門から伸びる縄目のカリグラフィーを読むことであり、それは余剰と思われる。

門という名の殺戮はいずれ清書を命ぜられる。

門は絶えず母屋に先立ち、またその滅亡を背負っている。すぐれない日々と血の絶え間ないいざこざの紋を縒り合わせ、たちまちにして復古の蔵出しへと狩り出される。そして真っ昼間、母屋は静かに傾く。建付による封印はかえって建付により解かれ、一時にゆるやかな睦みの陰翳に沿い始める天井越しに露わになる直系の植物群は書体を調え唸りに消えゆく。

門は決して境界ではない。もちろん臨界でもない。したがって門は何者かの近傍と見做すことはできない。すなわち門を敲く者の来意は永劫伝えられることはない。それは既に了解していることだからだ。

門という思想を弄ぶこと自体が不埒なことに違いない。門はあくまで門扉を象徴として直系の植物の放恣に体を硬くする方が美しい。

門を不安の只中で叩き壊せ。その震えに火を放て。門扉は見事に殲滅を耐え、やがて膝をつくが、母屋は黙示の型を微動だにせず、炎の上がるのを待つ。門からの火移りを待っているのだ。

門はいつしか館の構えとなり、ときおり糞を撒きにくる鳥などの囀りを一度一度恐れ、母屋の方へ沈もうと喚ぶが、既にそこから占め出されている。恐れの座敷から見える縁越しの門の背中の重ねた思い出から静かに門は開き始める。

門に戻りたいと至るにはそこを出ていなければならない。もちろん門を出たものはかつてなく、門への郷愁は抱かれたことはない。門に戻りたい。いったい何処からか。その繁茂の直系の植物への憤りから殺意へと沈むものたちの開かなさ閉じなさへ痙攣を続けることからか。門の炎上に舌打をしたあの遠い日からか。しかし今も門は厳然と母屋を越えて盛衰の只中にある。今夜も婚礼の灯が日没の温度を保ちながらゆっくりと進行している。あ、縄は母屋から続いている。それを引くことから門の果ては浮かび上がる。

耳日記

常は聞こえるはずのないものが、傾く。血が血を呼ぶ。おのずと、きれいな時代は去った、或は時代が捲くれ込み、消えた。これで震えるような心の熾りはない、と頭を抱えて風を受け流す、それで楽だ。

「跨ぎ越える水はあまりにも審美的過ぎた、と同定できますか」

生まれてこの方、人のために泣いたことはない。耳を澄ましたことなら幾度もあった。

「狼狽えましたね」

「はい。確かに。同定できます」

舗道には信じられないくらいの石が落ちている。もちろん喧騒はその事実を伝えず。そう耳に挟んだ。濡れて聞こえた。春の水のように。

「磨耗して丸くもないでしょうに」

「いや、ただの比喩ですよ」

「比喩は落ちてません」

音を収集したい、という人と話してみる。たちまち事態は悪くなる。面と向かうことがそのまま敵対となる、ずれにくくなる。互いの目が閉じられる過程で待っている。という夕暮れがよく似合う。

「まるで映画のスクリーンみたいですね」

「砂嵐はありませんからね」

「それは音、のですか」

何でもいい、例えば犬でも連れ出し始めた頃、雲の流れる響きを静かに捉えようと、互いに酩酊し、匂を発していてもいい、その場から動けなくなったりしたのか。掌が透けるほど日光を捉えたことはあるくせに。

鳴り止まぬのは、それは髪の擦れる音、その後でようやく音に狂う。

「抒情的に聞こえてくるものをどうすればいいですか」

「修辞に委ねて。そして、狂いメ」

【重さ】考

＊

生きているうちに一度くらいは、と思い、罫線越しにうずくまるわたしの乳房を刺し貫く、未読の定型に耐えるだけの皮膚を持っていると知る。時に、最も匂いやかなのは歯だ。すべての生長するものを粉砕し圧縮する、挙句に搾取に及ぶ、剝き出しの思想そのものだ。その歯を湛え蓄えている波打つ肉の部分、つまり時計も果たして、

「重さは、空間に、もしくは、時間に、従属する」

と、しなやかに動き始める、黒く光りながら、わたしの腕で鈍く。その腕から
伸びる軽やかな箇所に

「美しい歯並びを添えてみたい」

*

男らしさを比喩で見せてはいけない、比喩は血液である、傷跡から漏れる定型。
ある日、言われたものだ、

「お前の容積には季節がない」

たった一人の父親に手を曳かれながら背中の雲が炎症を起していただろう。

「あそこには血があるのだ、完璧な血が」

影に蝕まれた父親には既に胸部が失われていた。わたしは今、あらゆるものの泥みから逃亡している。その先で人々の呼吸を穿ち小さな虚穴を作るだろう。お前はただその虚ろな黒い空間を見ておればよいのだ、重さに比例して。

*

ハイウェイを降りたら、まずは刺青の地べたで空き缶を蹴り、干乾びた響きを体感したい。春は馬車に乗って恋を買いにいったのは、音に重さがあると信じられていたからだ。例えばこうも書き出しえただろう。

「引戸越しの姿勢でうずくまる一列を一輪の夏花で貫き、そのまなざしの先に文体を吊るす、一体何が俺に殺戮されていくのか」

だが、それはありえないはずのことだ。すなわち、

「文字が手擦れしている、しかも花のように歌っている」

フリージア

わたしの北部を持続したい。到来とはそのようなものだ。母屋で飲む酒は熾烈すぎる。首を少し傾げ、頭上高く唸り、「母屋で飲む酒は熾烈すぎる」はずもなく。北部よ、静かに南下せよ。わたしは帰郷に耐えきれず、嘔吐を繰り返すが、度数を撓めてはいない。それからゆっくりと時をしだきながら、そして爪の伸びに沿わせ、ひたすら自力を手繰る最中の視界の者に語りかけるだろう。「北部よ、南下せよ」ただし静かに。それが持続というものだ。あるいは到来というものだ。ひとつの果実を口に含む。裏切りの類ではなく、耐性の覚悟の図法の縫合として。縫い目の北上を確認する術としての熟れた果実の旬を意識しなければならない。「それが持続」あるいは「耐性の覚悟」の到来。ノスタルジア、ノスタルジア、わたしのフリージアよ、耐性！耐性！「わたしの北部を持続したい」その苛烈さに豊かに抹殺されたい。音だ。音が欲しい。すべて一列に上昇する匂いとしての響きの果てが。手を伸ばし触れることで初めて花弁の屈辱を知る、その最果てが北部であってくれたら。「北部の持続」からのノスタルジア。「今度はいつ会える」、わたしの北部よ。人生は酒だ、を殲滅しつつ、呷るそれは果実性の度数であり、削除に対する耐性は夥しい。フリージアのように捧げたい、夥しい音の最果てへ、絢爛たる頭上高く高く唸りながら、爪の伸びるに任せ、帰郷を遥かに越え、北部へひたすら北部へ耐えてみせたい、それは果実の中の覚悟か毒か。残滓としてのわたしの余命は密かに拝跪しているようだ、到来はいつもそのようにさりげなく、そしてフリージアは苛烈だろうか。さて、早くも夕暮れは始まっている。その湿潤を含んだ殺意の滴れがわたしを襲うだろう。連行だ、まさしくそれは方位を失った、そして耐性に耐えきれない覚悟の泡沫のように従う影たちの。ここに至りノスタルジア極まれり。持続への度数は激しく沈み、爪は壊死し、果実は臭いを放ち、「北部へ耐えてみせたい」ためにはフリージアの熾烈さはそもそも存在しなかったのか。今、隙間風は爽やかに、発酵はおもむろな音を立ててはいる。これ以上に低い音はかつてなかった。「わたしの北部を持続したい」そして酒は花弁からは生まれないだろうに、果実から続く花弁として最果てを目指す。屈辱こそ到来、信じられるかどうか。南下を待機し、視界の影たちの腐れ、それは花弁のあるいは子根の朽ちる予感をもたらし、フリージアの越夏に今や満ち満ちている祈りの図法なのだよ。わたしの手を染めるのは、それはフリージアの耐性の彩りだ。未だ滴りを止めない。昂ぶるな北部、これ以上わたしは負傷している。捧げよう晩年のフリージアを、止血のため花弁に組まれた祈りの姿勢で。

マーサ

衣装の算段の底に浸すよう沈めていたその愛情はあの人には後ろめたい衣更えの停留のような談話の最多登場人物の指名に切断の祈念を投じる一種の作法と機能しはじめていたの。

だとしたらマーサはもう再びはこの部屋を訪れることあるまいと目を落とした床材の撓みから仄見える節足の繚乱の巣のめぐりから遠い日差しを裳脱けて呼び戻し確かあれから七つの紅葉を過ぎたのだと喉を鳴らしては。

ただただ身代を探りたいと闇雲に街路を上から下へと振れつつ視線の蟠りの一部の湿りを眺めていたのどかな日延べから影を輪郭してそうマーサを誘いその

白い耳朶に細い毛を指定して戯れて。

ヒューズが飛んでマーサが初めに取った手がわたしのそれではなくそれはそのとき最後に玄関の敷居に蹴躓き衝いた下駄箱の扉の把手に触れたその手であってわたしはヒューズが飛んだことでようやく夕暮れ近しと気取りから冷えはじめた意識の優勢に残りはひたすら茫漠と委ねるしか。

なるほど七つの紅葉のそこここにマーサのその後れ毛をそのわたしの指先の一点のみで支えていた経過もありそれが一層の落日を裁可してゆくだけで切断の指名と呟いたヒューズの飛んで生まれた闇の幽かな影の最中に強引に引いた手もあったのではないかと捲れ込むその黙がわたしをわたしたらしめ弄び。

最中の通せん坊は叫ぶの最中の巣作りはたけなわにめかしこんだマーサよいずれは来いよ切断切断と部屋の矩形に沿うように仄かだった捩《よじ》れ拗《こじ》れ括《くび》れに情を発す衣裳の算段から夏物に売り込むものはとにかく過ぎ留まり名指し衝くも。

暮れに留め留まると見せ息を託すあのころは今という動機にのたくりその手を

取ったのはわたしではなく幽かな最中の引いたわたしの手もあったのにと過ぎ
たとおりにはらはらと陰毛の一乱れ落ち廃れ。

てマーサの岸に「動いたら死ぬよ」

ガーネット

珈琲を飲もうと誘い、艫から箸を渡し、その馴染みを促す。舟を廻せと声の中、麗しのガーネット、お前は地平へ赴く。変異は今しも。命の変色に敏いお前は海をよく歌った。わたしはだから舟の艫綱から暮れ始め、ようやくガーネット、お前に到るのだった。わたしの淹れる珈琲はお前をいじらしくもし、そうガーネット、そしてお前はいつしか夜に象られた漣となって聯を列ねてしまうのだ。わたしは葺小屋でそんなお前を待ち歪むしかなかったはずだ。

ガーネット、境遇はお前からやって来る。そしてわたしへと去ってゆく。季節に海猫が尾羽打つとき、お前はそこから沖を手繰り、わたしはガーネット、お前の鶸色の腓を濡らすのだ、落潮の歯牙がお前を啞え込む夜が、わたしの耳に衣擦れのような海鳴りを落として苛むとしても。そしてやはりわたしはお前を待ち、緩々と珈琲を淹れる、決してたぎりはしない、ガーネット、お前に笛が吹けるようにわたしは海のよだちを毟り取る。

赤

00:00

その赤いしかし尽きせぬ発生のやがてはと退《すさ》る延長にわたしは立っていた。わたしは引き延ばされ遠ざかるその端から発生の追うと赤いそれに捉えられた持続の最中に揺れ始めていた。その赤さは輪郭のいまだ定まらぬ治癒への憧憬を外へ或いは内へ飲み込みながら意志していた。わたしはその数多の意志の一つに過ぎぬ色めきに圧倒され立ちつくし、静かに手に受けることも夢見ながら不意にその意志に形を与えてしまいたいという衝動を抑え切れぬまま遠くの或いは近くの線上のアリアの具体的な出現に喉を震わせて。

不意の彩使いに鮮やかな花が崩れ落ち耳を澄ましたところからあらゆる苛立ちが漂う。それが一つの敬虔な姿勢を取らしめると名づけられてきたので、わたしは祈りというものから決して自由ではなかったのだ。「いつからそれは続けられてきたのか、もちろんわたしの慰めを感じた時より遡ってのことだが」おまえは答えずに、伴われる涙粒を淋しいと安易さにあまりに慣れすぎてはいなかったかひたすら自ら問うているみたいにわたしの向こうの電灯を反映して立っていた。やがてわたしはおまえのここぞとばかりの髪を切ったこともある鋏の先が炎にたぎるごとくにゆらめいているのかと半ば必然の錯覚と気づきながらその場所へと手を伸ばしていった。いつもなら恐らくは視界に入ることもないその今となってはおまえのこの行為の経年の先鋭となっている鉄器にいかにしてわたしの視線が及んだのか、それはその時のわたしが及ぶわけもなくわたしは過ちの口へ一歩と近づいていったのだった。「わたしのこの表情に委ねられているあなたへの意中はいずれわたしの清算へと還ってくるのでしょうが、あなたのその調和的な及びがわたしには決して許すことのできない記憶となって逆にあなたを清算に至らしめるのでしょう」おまえの四角い口がわたしの祈りの形を捉えた。「それもいい。だがわたしはおまえのそのたぎりをたらちねとして動ずることができない。だからわたしはそれを今しも手に取ろうとしているのかもしれない」「わたしはあなたの伸びるものを感ずるのみです」しかしわたしはついにそのわたしの錯覚の切っ先で何ごとをか引っ掻くこともできず、おまえの扉へと向かう背中の不意の鮮やかな彩りに一種の苛立ちを、そして「あなたのその尽きない冷静さ」と名指されたわたしの精神の震えを、沿わせるように輪郭づけていた。とわたしの目線はそこに泳ぎ、そこに立っていないおまえの背中の横たわるわたしの死期を帯びているかの足下に感じ静かにその鋏の柄を重く沈めていった。もはや吹き出るものとてない花の崩れに「わたしは愛し、そして尽くした」と名指すことの後味が重く重くわたしの清算の然るべき延期を描き、いや書記していくことこそが重ねるための恩寵の黙なのだと至るのだった。

20:25

ひしがれた匂い立つ花のそこここにのたうつ地表の温度とわたしの体温がその爛熟を腐乱を促してしまった逢瀬の道行にわたしのうれ木炭のような切っ先がしなり埋めた暗渠は安易に退き引いていった。寧日の凝りその言葉を最も慈しんでいたおまえのその慟哭が燻りに似たわたしの在りうる箇所という箇所のほとぼりを待機しつつも、しかしながら結局のところわたしには待たれていたという感受性も生まれようはなく一途に辿りうる道のいきれを十分に得難く信じていたのだった。「なるほど一度は虚に投げ込んだはずの一葉の写真がおまえの輪郭のひたすらな治乱を定め続けていたとしても、わたしにはついにその実感は与えられなかったのだ」そのおまえは足の小指を見ていた。「ひたすらな治乱とはこれはよくもわたしを美しく物語ってくれたものだ。あなたの実感にそれがその近傍すらもたらせなかったとしても、やはり上智というものを信じてみる気にさせてくれるということ、それを今あなたに知らせるための経年だったとわたしも閉じていくわけね」わたしはおまえの小指の指し示す方角を辿り始めていたことにおまえが気づきはしなかったかと危うくおまえの視線を追いかけたのだが、そこには視線はなく、おまえはただ視点でのみわたしのかどわかしを知りつつそれをかわすこともなくその小指を見つめていたのだった。おまえは言った、「わたしの望むものが最も絶望的なあなたの逃走に研がれた震えを這わせることだったと……」わたしはそれ以上は聞かなかった。あまりに劇的な不遜は互いに好みではなかっただろうし、おまえの声がその到達に従って微かにではあるが戦いていたからだ。わたしは知った。おまえはわたしの感情の表層をこそ切望していたのだ。そしてその表層こそがわたしの唯一残された書記の延べとなるべき黙へと導かれていく皮膚なのだ。

18:41

和合する姿態から滲み出るものがあるとしたら恐らくわたしはその実るべき穂先にすら救いというものを見出しえなかったというべきだろう。しかし事実は違う。わたしはその実るべき穂先におまえの窮余の過去を捏造していた。だからこうも言えたのだ。「おまえを産ましめたもののたとえ糜爛にけざやかだったにせよ、わたしとおまえはその轍を踏んではいけない。おまえの求めているものが豊饒の至りではないことくらいわたしにもおまえのその落ち着きのない瞳が及んでいるからだ」おまえは「知ったようなことを言ってわたしの感覚をあたかも記憶であるかのように楽しくディナー時にでも語ろうというのならやめてほしい。でもわたしの瞳は轍を追ってはいない」と笑みをすら浮かべていた。これが生態と呼ばれるものならわたしはおまえの舌先から伸びる幾重もの螺旋を描きながら浮上したり沈んだりする波を一つの信号として認識することもできたであろうが、おまえはそしてわたしもだが許しというものをそのように定型として捉えることに月の出のように疑いのみを易々と養いその封印の端に長いながい臨界を浸しているようなものだった。それにしてもなんとここは静かなところなのだろう。わたしの延べるあらゆるものが悉く囁き呟きとしてもちろんそれは音楽などでは決してないのだが響き浸り拡がり沈んでいくようだ。この感覚この圧力、和合の果てのこの滅びゆく気配のただ中におまえとわたしの至りがまるで実りのように感じられたのだが「わたしは歩むがごとくに慈しみ続けるその癒着におまえの追われない轍を添わせてもいいのかもしれない、それがおまえの望みならすばらしいことなのだが」わたしはおまえをそのとき捉えてはいなかっただろう。「そのあなたの手をついていている辺りに置いておいたわたしの躊躇いにあなたは気づいているような語りぶりね。そのことがわたしの炎の破格を召喚できればよかったのに、という話ね。でもわたしはきっと苦しめない。その可能性の余波にわたしの捏造は及べないだけのこと」静かにわたしはおまえの背後の鋭利に一歩一歩近づいていくことになるのだろう。

昆虫記

罫線の晩夏、顔を触った手で抱く殺意は抒情的にいなされ、己へと沈めてゆく、虫の話だ。

内部では無数の発語が意識を進行している、堅い背表紙に触手を弾くプレ・テクストが分泌されている。

産卵近し、暖気に負けて消息を薄めてゆく、指が訪れを引っ張ってくる。

沈黙を整えてゆく文字の選別、雌雄が互いの複眼に濡れてゆく、過程にあり続ける。

受け入れるため、発語の巣を綴じてゆく、息吹の躊躇いそして繁殖に仮定して、脱皮を繰り返す。

抜け殻という状況の言語滓が新たな巣作りに動因されうる。

意味はすなわち固有名である、非固有名の列だけが繁殖を保ち、拡充の轍を深めてゆくだろう。

部位の擦過あるいは衝突がいわゆる互いの突起をいざなう鳴声、抒情を含んだ湿潤の風景でもあり、殺戮の尖端でもある、しかしそこには殺意はない。

生態を記録してゆく、すなわち音楽の銃眼に伸びる視線の先に生息しているのは、抒情的な昆虫だ。

むしろそれは記録を全く寄せ付けない、留まることのない忙しない脱皮と退化、馴致という名の単化、動き止まぬ触手もしくは足類の揺れ、目によってものを見ない。

忿怒の階を列をなして続く、手探りの形で右へ左へ触手がたゆたう、甲殻の光沢は位置を変えず一点を数珠つながりに染めて安定する。

文体に感情がない、果たして器官以上でありうるのか、昆虫は一個の器官でありシステムである、容認できる、定型に情があることとは区別できる。

未読の定型に機能はある、気孔に収斂される三対の節足はすなわち句切れになる、切れ字は、張り付いた地表から遡る地熱自体と気づく。

触手の感覚を頼りに理性を頭部へと沈めてゆく、自ずから巣へと向かい文体を整える、残るのは近傍をなぞる風或いは熱の移動のみになる。

交尾の季節はやがて到来しない、到来は批評に誘われねばならない、攻防を裏返せば批評すなわち抒情詩そのものが交尾という名の行為になる、なりうる。

さよならニッポン

著者
高塚《たかつか》謙《けん》太郎《たろう》

発行者
小田久郎

発行所
株式会社思潮社
〒162-0842
東京都新宿区市谷砂土原町 3-15
TEL 03(3267)8153(営業)・8141(編集)
FAX 03(3267)8142

印刷所
三報社印刷

製本
川島製本所

発行日
2009 年 10 月 25 日